老鼠記者 Geronimo Stilton

神探福爾摩鼠 ③
黑霧迷離失竊案

謝利連摩·史提頓
Geronimo Stilton

U0060938

新雅文化事業有限公司
www.sunya.com.hk

神探福爾摩鼠 3

黑霧迷離失竊案
LA NEBBIA NERA

作　　　者：Geronimo Stilton　謝利連摩·史提頓
譯　　　者：鄧婷
責任編輯：胡頌茵
中文版封面設計：黃觀山
中文版美術設計：劉蔚　羅益珠
出　　　版：新雅文化事業有限公司
　　　　　　香港英皇道499號北角工業大廈18樓
　　　　　　電話：(852) 2138 7998
　　　　　　傳真：(852) 2597 4003
　　　　　　網址：http://www.sunya.com.hk
　　　　　　電郵：marketing@sunya.com.hk
發　　　行：香港聯合書刊物流有限公司
　　　　　　香港荃灣德士古道220-248號荃灣工業中心16樓
　　　　　　電話：(852) 2150 2100　傳真：(852) 2407 3062
　　　　　　電郵：info@suplogistics.com.hk
印　　　刷：C & C Offset Printing Co., Ltd.
　　　　　　香港新界大埔汀麗路36號
版　　　次：二○二二年三月初版

http://www.geronimostilton.com
Based on an original idea by Elisabetta Dami.
Cover Design: Mauro de Toffol / theWorldofDOT (Adapted by Sun Ya Publications (HK) Ltd.)
Cover and Story Illustration: Tommaso Ronda
Artistic Coordination: Daria Colombo and Lara Martinelli
Graphics: Daria Colombo

神探福爾摩鼠
辦案記

在一個總是寒風凜冽、霧氣繚繞的神秘城市裏，有一座奇特的房子。房子裏住着一隻熱衷探案的古怪老鼠……他就是偉大的**夏洛特·福爾摩鼠**，老鼠島上最知名的**天才偵探**！

我老鼠記者謝利連摩·史提頓很榮幸獲福爾摩鼠邀請擔任他的助手，協助他調查各種離奇的案件。我把辦案期間的所見所聞寫下來，就成為了你讀着的這本偵探故事。

各位熱愛偵探故事的鼠迷，快來一起走進各種奇案的犯罪現場，挑戰你的頭腦吧！

謝利連摩·史提頓

**一場鬥智鬥力的
刑偵冒險之旅即將開始！**

二樓：

10 助手的房間：謝利連摩·史提頓就睡在這裏。

11 皮莉鼠的房間：誰都不可以進入這個女管家的房間。房間裏真的只有她嗎？她藏着什麼秘密嗎？

12 福爾摩鼠先生的房間：偉大的偵探會在這裏的牀上休息……雖然他説他從來都不睡覺！

13 洗手間：供訪客使用。

14 天台：福爾摩鼠獨自冥想的地方（如果不下雨的話！）

15 温室花園：這裏種植了稀有的仙人掌。

16 泳池：福爾摩鼠每天都會來這裏游泳。他總是讓一條水虎魚跟着自己，這樣可以令他游得更快！

底層：

1 入口

2 藏書室：裝滿各種關於神秘案件的書籍。

3 秘密樓梯：通往收藏懸案檔案的地下室。

4 神秘大廳：福爾摩鼠只有在他生日當天邀請朋友們參加「神秘競賽」時才會進來。

5 紀念品室：這裏收藏了他所破案件的紀念品。

福爾摩鼠偵探社

6 車庫：福爾摩鼠把所有辦案用的交通工具都放在這裏，包括：單車（一種非常奇特的腳踏車）、附有側車的電單車、形似熱氣球的飛行器、超高科技的汽車，以及能夠變成潛水艇的船。

一樓：

7 福爾摩鼠的工作室：福爾摩鼠會坐在這裏接待客户。這些客户是從每天在偵探社門口排隊求助的客户中挑選出來的幸運鼠。

8 練琴室：福爾摩鼠每晚會在這裏拉奏小提琴。

9 廚房：女管家皮莉鼠的專屬空間，她會在這裏準備茶點。

目錄

恐懼降臨怪鼠城！

那天早晨，通往怪鼠城的蒸汽火車和往常一樣，從妙鼠城**火車站**的零號月台準時駛出。

我舒舒服服地坐在車廂裏，回想着前一天晚上福爾摩鼠在電話裏說的話：「怪鼠城被神秘的黑暗籠罩！**恐懼**正在降臨怪鼠城！史提頓，快做好準備一起來調查！」

咕吱吱……誰知道他在說什麼呢！

我一下火車就直奔我的**大偵探**朋友位於

離奇大街13號的偵探社。我裹着防水外套，撐着傘趕路。每次去怪鼠城，我都是這身裝束，因為那裏總是下雨！哎呀……差點忘了我的假鬍子！

我趕緊把假**鬍子**貼上。福爾摩鼠認為身為一位 **助理偵探**，**也就是我**，必須留着鬍子才像樣，別的鼠才會尊重我！

我們剛剛講到哪兒了？啊，對……

怪鼠城的天氣還是那樣，時常颱風下雨，霧氣很重，雨水不斷。

然而（*我親愛的老鼠朋友，你們相信嗎？*），我其實越來越喜歡那種灰濛濛的氣氛了！對我而言，福爾摩鼠的城市是那樣一個特別的地方（*包括它的氣候！*）。那一刻，我感覺很幸福。

我環顧四周，看着街上行色匆匆的老鼠，望着霧氣中的樓宇，感受着**城市**躁動的氣氛……好像沒有鼠在意潮濕和寒冷，也沒有鼠因為那一年到頭**灰濛濛**的天空而憂鬱傷感！

我也是一樣。我嘴角含着微笑，心想等我一會兒到了福爾摩鼠家，皮莉鼠小姐一定會給我泡上一杯**熱茶**。

突然，一件奇怪的、非常奇怪的事情發生了！

一片濃密而恐怖的**黑霧**從天而降，瞬間以極快的速度擴散開來！黑霧先是吞沒了樓頂，然後是窗戶……最後是我身處的街道。

以一千塊莫澤雷勒乳酪的名義發誓，發生什麼事了？在大白天**黑夜**突然瞬間降臨，四周一片漆黑，連一絲月光都沒有！

坦白說，我真的非常非常非常害怕！

當時，伸手不見五指，黑得連貓和老鼠都分不出來。

交通癱瘓，行鼠受阻。那密不透風的黑暗中傳來老鼠們擔憂的叫喊和嚷嚷聲：「啊啊啊！」

「唉！發生什麼事了？」

「怎麼街上的燈突然全都熄滅了？」

我聽到頭頂上傳來奇怪的嗡嗡聲……滋滋……滋滋……滋滋！

突然，一個黑色的身影從**黑霧**中鑽出來，出現在我面前！

吱吱吱……救命啊！

然後，那個神秘的傢伙一把拽住我，猛地把我拉到一邊……

我根本來不及反應，因為我感覺到了另外一個東西（一個龐然大物！）從我的身邊經過，發出巨大的引擎**轟隆聲**……轟隆隆！

　　原來，是一輛巨大的雙層**巴士**，全速從黑霧中鑽了出來！

　　巴士闖到了鼠行道上，那就是我剛剛一秒鐘之前站立的位置，它撞翻了一個公共電話亭！

砰嘭！

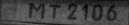

MT 2106

以一千塊莫澤雷勒乳酪的名義發誓，那輛失控的巴士差點**把我撞倒了**！

不久，黑霧漸漸散去。我看見乘客們一個接一個從巴士下車，大家都嚇壞了，一副劫後餘生、驚魂未定的模樣。而那位巴士司機更是最為驚慌失措。黑霧突然出現，他完全來不及停車！

此時，那個救我一命的**神秘的傢伙**站起身，撣了撣防水外套上的灰塵。

呃，他的身影看起來有點熟悉！

直到他轉過身，**我才認出他來……**

原來是福爾摩鼠！

「史提頓，你還像個傻瓜一樣坐在地上幹什麼？我的助手鼠，快起來……加油！你不僅**注意力不集中**，難道還很懶嗎？」

我一躍而起，說：「福爾摩鼠，你好！我……我剛剛都沒認出你來！四周太黑了！」

他看了看周圍，鼻子嗅了嗅空氣，說：「啾啾！史提頓，你沒感覺嗎？」

我困惑地問：「感覺……什麼？」

福爾摩鼠笑了笑，眼睛裏閃爍着光芒：「哎呀，當然是 **神秘** 的味道啦！」

我搖搖頭，一頭霧水。奇怪的黑霧迅速散去，怪鼠城慢慢變回了它往常淺灰的色調。

那一刻，我彷彿又聽到之前的 *滋滋聲* ……幾隻朝遠處飛去的蝙蝠引起了我的注意。

奇怪……**大白天怎麼會有蝙蝠？！**

當我回過神來，便對我的朋友說：「福爾摩鼠，真的非常感謝你！要不是你……」

他還在觀察四周，好像要記住周遭正在發生的每一個 **細節**。

15

然後，他聳聳肩，說：「黑霧出現時，我立刻出門，跑了過來。我知道你碰到這樣反常的事情，一定會遇到麻煩。

作為一名偵探的重要原則：預測任何的變數！史提頓，快記下！」

我拿出我的偵探日記簿，寫下了他的忠告。不過，我還有一個疑問：「如何去預測任何的變數呢？呃？」

這時，福爾摩鼠朝着家的方向走去。

我跟在他後面小跑，經過一個報刊亭，發現所有的 **報紙** 都在報道同一件事情……正是奇怪的黑霧！

福爾摩鼠說：「史提頓，其實這個**黑霧**侵襲怪鼠城事件已經持續好幾天了。大家都很困惑，不知道這樣古怪、不可名狀的天氣到底是怎麼一回事。不過，我對其中的非法罪惡更感興趣！」

「黑霧……**非法**？」

福爾摩鼠搖了搖頭，歎了口氣道：「史提頓，別說傻話了！我的意思是神秘的黑霧籠罩期間，違法犯罪案件數量激增，包括盜竊、綁架、搶劫，這些都是我的調查工作……你瞧！」

我們終於抵達了離奇大街13號。許多前來**求助的客戶**在偵探社門前排起了一條長隊伍。

福爾摩鼠有點懊惱地說：「唉！他們就是

怪鼠城日報

黑霧突然
降臨

老鼠週刊

黑霧怎麼會
……黑一片？

老鼠新聞

黑霧的威脅

17

不明白，我只會接手那種最有趣、最刺激、

最離奇的案件⋯⋯

總之，是最不尋常的案件！

跟我來，我們得走秘密通道來避開鼠羣！」

我站在原地不置可否⋯⋯他說的是哪一條

秘密通道呢？

福爾摩鼠繞到偵探社背後的小路，指着欄

杆旁邊的三個 **垃圾桶** 對我說：「史提頓，你在幹什麼呢？又在發呆？快跟我來！」

說完，他迅速掀開中間一個垃圾桶的 **蓋子**，鑽了進去。

我打開右邊的那個垃圾桶，鑽了進去，可是裏面好像有點不對勁……原來我鑽進了一堆 **臭烘烘** 的垃圾裏！！！

這時，我才聽見福爾摩鼠從地下傳來聲音：「史提頓，我差點忘了！只有一個垃圾桶是通往地下通道的……別弄錯啊！」

唉，太晚了！

不過，一名有志氣的偵探絕不會一遇到困難（還有**臭烘烘**的垃圾）就打退堂鼓。我爬出垃圾，鑽進旁邊的垃圾桶，一路爬到秘密通道的盡頭……原來是福爾摩鼠偵探社的**洗手間**！

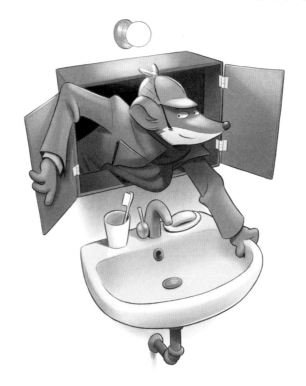

案件

「沒有什麼迷霧會
　如此漆黑一片，
　　也沒有什麼案件能難倒
　像我這樣偉大的偵探！」

　　　夏洛特・福爾摩鼠

排在隊伍最後面的求助客戶

皮莉鼠小姐迎接了我們。

她看起來很氣憤，說：「我討厭這個黑霧！它漆黑得如墨汁一樣……似是『來意不善』！」

福爾摩鼠點頭道：「你的說法很有意思。和以往一樣，我會記在心裏的！皮莉鼠小姐，麻煩你帶那名排在隊伍最後面的求助客戶進來！黑霧籠罩期間，大多的案子都無聊瑣碎，但是這

名客戶的案子應該很有趣。

　　沒有什麼迷霧會如此漆黑一片，也沒有什麼案件能難倒像我這樣偉大的偵探！史提頓，你也準備一下。我們很快要投入案件**調查！**這次的案件撲朔迷離，非常新鮮刺激……我該怎麼形容呢？就是**絕對只有福爾摩鼠才能破解的案件！**」

　　幾分鐘之後，我已經洗完澡，陪着我的朋友坐在他的**工作室**裏。

　　他坐在自己最喜歡的紅色絲絨扶手椅上，而我坐在他為我準備的很不舒適的椅子上。

　　我看了看四周，很欣慰地看到所有的東西都整潔有序：各類神秘案件的檔案整齊地排在書架上，他經手的（過去的、現在的、將來的）案件資料也都整齊地堆放在那裏。他**收藏的一些放大鏡**整齊地排列在玻璃櫥櫃裏，電腦放在書桌上，他的小提琴立在書櫃上，旁邊的

譜架上擺放着他自己作曲的樂譜：《畏罪潛逃托卡塔曲》。

我朝着工作室最暗的角落裏瞄了一眼，那裏有一道小小的旋轉鐵樓梯通往**地下室**。那時誰都不允許去的地方，裏面放着他的秘密調查的懸案資料。

與此同時，皮莉鼠小姐帶着排在隊伍最後面的那名**求助的客戶**進來了。他一臉沮喪的樣子，身穿剪裁很好的衣服，不過外套髒兮兮的，褲子也扯破了好幾處。皺巴巴的襯衫上繡着兩個大寫英文字母G。在那鬆垮垮又有點髒的領帶上，別上了一個看起來很貴重、亮閃閃的領帶夾。

我心中尋思，不知道為什麼福爾摩鼠偏偏選中了他⋯⋯他怎麼能肯定這隻老鼠的案子就一定會**很有趣**呢？

不等那隻老鼠說話，福爾摩鼠先向他問好，

說：「我猜你一定是**格迪昂·金飾鼠**。」

然後，他轉身對我說：「史提頓，這是怪鼠城最有名的**珠寶商**！」

那名客戶和我一樣吃驚地說：「福爾摩鼠先生，正是在下……我沒想到我落魄成這樣，你還是可以認出我來！」

髒兮兮的外套

鬆垮垮的還有點髒的領帶

皺巴巴的襯衫上繡着兩個大寫英文字母G

亮閃閃的領帶夾

扯破了的褲子

求助客戶的衣着打扮

福爾摩鼠解釋道：「你身上那**領帶夾**是你金飾鼠先生的著名設計作品，還有襯衫上繡着兩個大寫的英文字母G……我不可能會弄錯的。我可以從你的樣子和扯破的衣服判斷，你一定是遭遇了 **車禍**。」

金飾鼠又驚訝又佩服：「福爾摩鼠先生，你的推斷力就跟大家描述的一樣出類拔萃！的確，我在不到一個小時之前遭遇了車禍，就是黑霧籠罩城市的時候……而且，我有一塊非常珍貴的寶石 **被偷** 了！」

福爾摩鼠指着一把沙發椅，說：「金飾鼠先生，你先坐下，吃點茶點，慢慢說！」

皮莉鼠小姐推着茶點車進來。她身穿一套淺色的套裝，和她挑染的一縷頭髮的顏色一樣。她說：「大家需要一杯濃茶，顏色和這幾日的黑霧一樣深，不過要配上一碟甜滋滋的忌廉泡芙！」

「完美搭配！」福爾摩鼠對女管家說。

格迪昂向她道謝，泯了一口茶。

我伸出爪子想拿一塊點心，不過福爾摩鼠迅速地將盤子移開，遞給我**一顆葡萄**。「一名能幹的助理偵探必須小心觀察每一個細節，**飲食**也必須要清淡……非常清淡！**史提頓，你記下來了嗎？**」

沒有什麼事情 是 不可能的！

隨後，格迪昂·金飾鼠開始向我們講述他的遭遇，「福爾摩鼠先生，我想你應該認識特拉法警長。是他建議我過來找你的。」

福爾摩鼠點頭道：「當然！**湯姆**是我最好的朋友。我們以前是同學！」

格迪昂嘴角含笑道：「老實說，我過來看到那**長長的隊伍**，以為自己根本沒有希望見到你！」

福爾摩鼠鼻子一哼，說：「相反，看見你在那裏排隊的時候，我就已經知道你的遭遇一定會是個非常有趣的案子！」

他沮喪地點頭道：「沒錯！我精心製作的一條貴重的 **項鏈** 不翼而飛了。那條項鏈上鑲有絕美的心形粉紅色鑽石——『**玫瑰之心**』。那是著名歌星史蒂芬·斯特拉奇諾打算贈送給女友的禮物。」

金飾鼠拿出手提電話，向我們展示了那心形鑽石項鏈的照片，繼續說：「史蒂芬在我的珠寶店裏挑選了這顆 **鑽石**，原想讓我把鑽石鑲在一條手鏈上。不過，我覺得這樣精美的鑽石可以有更大的用處！於是，我就發揮了一點創意，設計了這條項鏈。不過，我還沒有告訴史蒂芬。我

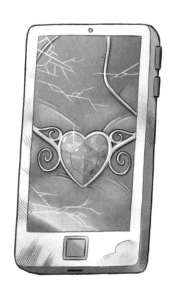

想應該沒什麼問題，對不對？我是整個老鼠島上最出色的 **珠寶設計師** ……我的客戶都很信任我。相信這條項鏈對於史蒂芬來說也會是個大大的 **驚喜** ！」

福爾摩鼠肯定地說：「金飾鼠先生，你的創造力和藝術敏銳度眾所周知！你的客戶自然會相信你的判斷！」

格迪昂接着說：「福爾摩鼠先生，謝謝你的讚許！可惜，這條項鏈一個小時前不翼而飛了。當時，我正和我的員工史黛拉·銀飾鼠一起去給客戶送項鏈。我們當時坐在一台 **裝甲押運車** 上，還有兩名保安護送。」

福爾摩鼠聚精會神地聽着，說道：「你給我說說事情的經過，不要放過任何細節。」

金飾鼠繼續說：「我們當時正趕往『老鼠唱片』 **錄音室** 。我們和史蒂芬約好了在那裏見面，把 **項鏈** 交給他。我們走的是城東郊區的梧桐路……」

福爾摩鼠打斷他道：「梧桐路是前往『老鼠唱片』的必經之路，我說得對嗎？」

「沒錯！」金飾鼠肯定地說，「『**老鼠唱片**』位於怪鼠城城東方向的山丘上，而梧桐路是通往那裏的必經之路。你知道那裏嗎？」

福爾摩鼠回答：「不是，這僅僅是我的**判斷**。金飾鼠，請你繼續！」

金飾鼠繼續道：「就在我們經過那條空蕩蕩的小路時……黑霧突然降臨！霧氣濃到連我們的**車頭燈**都無法穿透黑暗……司機於是減速前行，但是……

『砰嘭！』

一聲，車撞到了馬路中央的一個東西！」

金飾鼠稍作停頓，繼續說道：「於是，我將

裝有項鏈的**首飾盒**交給史黛拉，然後和一名保安一起下車，想看看到底發生了什麼⋯⋯」

咕吱吱，我的鬍子好奇得上下顫抖起來。我一躍而起，問道：「到底發生了什麼⋯⋯」

他答道：「我隱約看見前方有一台**汽車**攔在路上，和我們的車撞個正着！不過，車上空無一鼠。就在那時，我轉過身，看見一團比之前還要**烏黑**的**黑霧**鑽進我們的車裏！等到霧氣散去⋯⋯我聽到史黛拉絕望的聲音，驚呼：「**項鏈不見了！**」

我重複道：「不見了？！」

金飾鼠肯定地説：「是的，消失得無影無蹤。我完全無法想像**盜竊**是如何進行的！」

福爾摩鼠從扶手椅上站起身，説：「金飾鼠，沒有什麼事情是不可能的！各位，行動！是時候進入黑霧⋯⋯一探究竟了！」

調查

「看似不可能的盜竊案對我而言，
就像麵包之於我的牙齒，
音樂之於我的耳朵，
美景之於我的眼睛！」

夏洛特‧福爾摩鼠

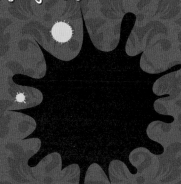

黑暗中發生的事件

　　我們乘計程車來到怪鼠城的東郊。梧桐路不是很寬，樹木環繞，一直通向山丘的頂部。

　　一名**警察**示意我們減速行駛。那輛裝甲押運車和另外那台攔在馬路中央的車仍然停在那裏。

　　金飾鼠解釋道：「**黑霧**降臨時我們就在此地……」

從計程車上下來，我發現湯姆·特拉法警長和他的助手索尼婭·先鋒鼠也在那裏。除了他們，還有所有金飾鼠提到的老鼠，包括：他信任的員工、兩名保安，還有司機。

特拉法警長微笑着迎接了我們：「福爾摩鼠，謝謝你接辦了這個案子！這次的**盜竊案**真的是天衣無縫啊！」

福爾摩鼠平靜地回答：「我很高興參與這個案子！看似不可能的盜竊案對我而言，就像麵包之於我的牙齒，音樂之於我的耳朵，美景之於我的眼睛！那種普通的盜竊案太無聊了！」

然後，他看了看被警察扣留在現場的四名涉案老鼠。

「這些都是**目擊者**！我會一一審問他們。

司機　　史黛拉・銀飾鼠　　保安1　　保安2

史提頓，跟我來，記筆錄！」

福爾摩鼠詢問司機事情的經過。

司機很沮喪，手裏緊緊拽着他的帽子，說：「**黑霧**突然降臨時，我急忙減速前行。車頭燈是亮着的，可是……**我什麼都看不見**！就這樣，我撞上了攔在路上的東西！我已把車子駛得很慢，可惜還是沒能躲過車禍！」

福爾摩鼠又轉身對兩名**保安**說：「你們當中是誰和金飾鼠一起下車的？」

那個又高又壯的保安回答道：「福爾摩鼠先生，是我！那台車攔在那裏……我想司機大概是撞得很嚴重！於是，我們決定下車去看看，**沒想到車上沒有鼠**。也有可能是車壞了，而司機已經下車去求救了……那時候，霧氣太黑太濃了，什麼都看不見。我只是留意到黑暗中，有幾隻**蝙蝠**在我們頭頂上飛來飛去！

福爾摩鼠轉身向史黛拉·銀飾鼠問道：「你

當時留在車上的，對嗎？車裏發生了什麼事？」

可憐的**史黛拉**還是一副驚魂未定的樣子。她虛弱地說：「福爾摩鼠，我感覺這一切太荒謬了！金飾鼠先生和前排的保安一起下車時，他把裝有『玫瑰之心』項鏈的**首飾盒**擺在我和另一名保安座椅的中間。車門是打開的。突然，一**團**黑霧鑽了進來，車裏變得漆黑一片！我趕緊伸手爪去摸首飾盒，不過什麼都沒有摸到。等到黑霧散去，我才確定……首飾盒**不見**了！」

福爾摩鼠問道：「黑霧鑽進車裏的時候，你有聽到什麼聲音了嗎？」

史黛拉說：「我不知道……我當時太害怕了！我記得有一絲涼風，還有一種奇怪的滋滋聲……」

第二名保安語氣堅定地補充道：「我確定，沒有任何鼠進入我們的車！」

　　特拉法警長插話道：「我們已經對車上所有的老鼠逐一進行了**搜查**，確定他們沒有將 **項鏈** 弄丟，或是藏在身上或者其他什麼地方。」

　　索尼婭確定地說：「福爾摩鼠先生，史黛拉・銀飾鼠很『乾淨』。兩名保安、司機和珠寶商身上也都沒有發現……我的同事對他們逐一進行了搜身！」

特拉法警長說：「我的手下還把押運車上上下下、裏裏外外檢查了一遍，完全沒有項鏈的蹤跡！就好像是一名隱形盜賊作的案！」

我仔細聽着所有老鼠的證詞，並在日記簿上認真記着筆記。

特拉法警長總結道：「福爾摩鼠，這個案子說不通，黑霧也說不通！」

福爾摩鼠看着他的朋友，嘴角含着笑，意味深長地說：「這個案件一定可以說得通。這麼說吧，這起車禍……根本不是意外！」

我驚訝地問：「什麼意思？你是說這起車禍是蓄意的？」

福爾摩鼠點頭道：「史提頓，正是如此！這是很顯而易見的，你應該也可以看出來……如果你可以稍微發揮一下你的觀察力，分析眼前所見的現場，你一定可以發現第一條線索！你還很幸運，因為在陽光下讓我們可以看得更清楚！」

40

沒錯，太陽幾分鐘之前鑽了出來。

我仔細看了看兩台車、馬路和周圍……突然，我**領悟**了我的偵探朋友的意思。我驚呼：

「福爾摩鼠，沒錯！

　　　這件案子不是……意外！」

太陽照出了現場的線索，
讓我們看得更清楚！

你也能在圖中
找出線索嗎？

然後，我繼續說：「我的意思是……盜竊案並不是意外！」

大家都一臉疑惑地看着我。福爾摩鼠笑着問道：「史提頓，你可以給其他鼠（鑑於我已經知道了）**解釋**一下你發現了什麼線索嗎？」

「當然可以！」我滿心歡喜地大聲說，「如果你們觀察那台車的位置，你們就會發現車並不是斜着停在路上的。如果一名司機突然棄車而去，車子應該會是停在一旁或在路上才比較符合邏輯。然而，你們可以看見這台車和行車線**呈直角**，完完全全攔住了行車線……要把車停成這樣，相信需要把車來來回回前後移動好幾次才行。你們看地面上的**輪胎痕跡**，現在太陽出來了，看得更清楚了！」

特拉法警長看着地面，說：「真的呢，現在看得很清楚……」

福爾摩鼠讚許道：「史提頓，**推斷**得不

錯！我看我的言傳身教開始有一點點效果了！」

然後，他接着說：「我的助理發現了線索，因為他知道要去用心找線索！**作為一名偵探的重要原則：不是用眼觀察，而是用腦子觀察分析！史提頓，快記下！**」

特拉法警長總結道：「沒錯！很明顯，是那名 **隱形盜賊** 故意把車攔在路上截劫！不過，他怎麼知道金飾鼠的車剛好會在黑霧降臨的時候經過這裏呢？」

這黑霧本身就很奇怪！

福爾摩鼠笑着說：「我的朋友，基本演繹法！」

大家都看着他，感到訝異。格迪昂·金飾鼠揚起了睫毛，**史黛拉·銀飾鼠**瞪大了眼睛，兩名保安撓起了腦袋，司機用手爪轉動着帽子；而特拉法警長和索尼婭·先鋒鼠則目不轉睛地看着他，就連我也被他的話吸引了！

福爾摩鼠說：「很明顯，盜賊知道押送

44

珠寶的車會經過此地！這是通往史蒂芬・斯特拉奇諾的錄音室的必經之路，而金飾鼠先生已經和他**約好**在那裏交收項鏈。我想，應該核查一下到底有誰知道他們約定的見面時間和**地點**。金飾鼠先生，除了你，還有誰知道嗎？」

他答道：「顯然，史黛拉是知道的，我百分百信任她……」

「謝謝你信任我，金飾鼠先生！」史黛拉說。

珠寶商繼續道：「我也將地點**透露**了給司機和保安，但只是在我們**出發**後才說的。」

福爾摩鼠總結道：「也就是說，你們當中的任何一隻鼠都有可能給盜賊通風報信……而且是在最後關頭！」

涉案的五名老鼠都憂心忡忡地盯着他看。

他漫不經心地看着他們，說：「不過，另一種可能是，盜賊的同夥是大歌星身邊的鼠。他知道『玫瑰之心』即將送到！」

金飾鼠答道：「你不會覺得史蒂芬想偷自己的鑽石吧？」

福爾摩鼠鼻子一哼，說：「一切都有可能！說不定是大歌星和其他鼠提及過這件事。」

特拉法警長插話道：「福爾摩鼠，我同意你的說法。不好意思，我想再重複一遍我的問題：盜賊是如何知道黑霧何時降臨的？」

福爾摩鼠格格笑道：「現在，我想向大家透露一下我一直以來的猜測……」

他頓了頓，欣慰地看了看周圍：「我有理由相信，黑霧根本就不是自然現象，而是……人造的！」

大家驚歎道：「啊?!」

福爾摩鼠接着説：「製造黑霧的老鼠可以精確地決定何時何地讓黑霧出現！」

我急忙問道：「**人造**的黑霧？福爾摩鼠，你為什麼這麼確定？」

他答道：「史提頓，基本演繹法！我們的 **第二條線索** 也很明顯⋯⋯你應該也留意到了，就在你剛到怪鼠城、差點被巴士撞倒的時候！」

很明顯，黑霧並不是自然現象。

黑霧降臨的時候，你也留意到什麼異常嗎？

我撓了撓我的腦袋，說：「以一千塊莫澤雷勒乳酪的名義發誓，我的確看到了黑霧，但是沒有留意到什麼異常！當時**太黑**了！」

福爾摩鼠哼了一聲：「我的助手鼠！你一定看到黑霧是**從上而下**降臨的，對嗎？」

我大聲說：「當然了！然後，一轉眼，就黑漆漆什麼都看不見了！因為這個原因，我才沒有看到闖上鼠行道的巴士！」

福爾摩鼠轉身向金飾鼠的司機，問：「你也看到**黑霧**是從上而下降臨到路面的，對嗎？」

司機答道：「是的，沒錯！」

福爾摩鼠看着金飾鼠、史黛拉和兩名保安，說：「你們也看到了這個奇怪的**現象**，也就是黑霧是*從天而降*的，對不對？」

他們四隻老鼠一齊點頭。

福爾摩鼠滿意地說：「**很好，很好，很好**！此時此刻，我想提醒大家，**自然的霧氣**

並不是從天而降，而是在地面附近形成的！

正因為此，我們會看見霧氣從地面緩緩升起，而不是像我們這幾天看到的那樣從天而降！」

和往常一樣，福爾摩鼠的**用心觀察的原則**一下點醒了我：「以一千塊莫澤雷勒乳酪的名義發誓！真是這樣呢！」

司機說：「我完全沒有想到這一點⋯⋯一切都發生得太快了！」

金飾鼠總結道：「我們還真的沒有**考慮**到這個反常的現象！」

福爾摩鼠說：「金飾鼠，別擔心！這很正常。只有我留意到了，**因為福爾摩鼠可不是傻瓜！**」

特拉法警長插話道：「也就是說⋯⋯盜賊知道金飾鼠先生的車會載着項鏈經過此地，於是提前在馬路中央設置一台**車**攔路，並製造了

黑霧，以便造成車禍，並掩蓋其**盜竊**行動！也許，製造這宗匪夷所思盜竊案的罪犯，正是這幾日黑霧侵襲怪鼠城期間，其他盜竊案的罪魁禍首！」

福爾摩鼠點點頭：「湯姆，說得對。現在，我們需要**查出**是誰，用什麼辦法製造了黑霧現象。」

福爾摩鼠開始在兩台車的周圍轉來轉去。他停下來觀察裝珠寶的押運車，用手爪掠過車的頂蓋，再用手提電話配備的特殊「紅外線光」照射車頂。他宣布：「我找到了**第三條線索！**只要利用我的手提電話就能看到了！黑霧在車頂上留下了一層黏糊糊的透明液體薄膜……還散發出微微的合桃味。」

福爾摩鼠繼續檢查車廂，補充道：「座椅上也有！嗯──！」

他採集了一點**液體**裝進試管，準備帶回去用顯微鏡檢查。

最後，他總結道：「各位，現場已經勘查完畢！我還不想向你們揭露這條線索的具體內容，不過你們很快就會**明白**的！現在，我們一起去『老鼠唱片』看看吧！」

黏糊糊的液體，
散發着合桃味……
我知道這說明了什麼！

這條線索到底留下了什麼信息呢？
我們一起繼續調查吧！

審問大歌星的樂手

這時，福爾摩鼠幾分鐘後，我們幾個抵達了史蒂芬·斯特拉奇諾的錄音室。那是位於山丘頂部的一棟現代建築，上面掛着閃亮亮的招牌：

老鼠唱片

大歌星接到我們的電話，親自到門口迎接我們。我老遠就認出了他，因為他真的非常非常有名。

大歌星看起來有些不安，在那個亮閃閃的 **招牌**下面來來回回踱着步子。

他問道：「金飾鼠，我們該怎麼辦？」

珠寶商 回答：「斯特拉奇諾先生，『玫瑰之心』不見了！不過，我請來了怪鼠城最優秀的偵探來幫我們把它找回來。這兩位是特拉法警長和先鋒鼠警員……**這位就是偉大的福爾摩鼠，**

以及他的助理謝利連摩·史提頓！」

索尼婭向我擠了一下眼睛，流露出**隊友**之間的情誼。我很高興，也有點兒不好意思……

我的心情很激動啊！

她把我當成他們當中的一員！

「福爾摩鼠先生，很高興認識你！」史蒂芬說，「雖然我更希望是在其他場合認識你！」

福爾摩鼠不以為然說：「我倒覺得這是最佳的場合，讓你認識老鼠島上最偉大的偵探！」

隨後，**史蒂芬**帶着我和福爾摩鼠來到一間掛滿他的金唱片和白**金唱片**的大廳。

他的女友，也就是美麗的超模瑪格莉特・明月，藝名為「蜜塔」，正坐在舒服的沙發上。她的身旁坐着大歌星的經理人**凱西・鈔票鼠**。

經過互相介紹之後，蜜塔說：「我知道史蒂芬想送給我一件非常獨特的**禮物**！你們會尋回『玫瑰之心』的，對嗎？」

福爾摩鼠回答：「明月小姐，我們正在努力！」

史蒂芬攤開雙臂，嘟嚷道：「否則，我得再贏得很多的金唱片和白金唱片，才有可能再送你一件這樣貴重的禮物！」

與此同時，特拉法警長也趕到了。和他一起的還有史蒂芬的團隊。

第一個是**提姆·鍵盤鼠**，一隻瘦瘦高高的金髮老鼠。

史蒂芬介紹道：「提姆是我的結他手，也是我非常要好的朋友！」

跟在他身後的是音效師**索尼·聲音鼠**。他之前正在和一隻架着眼鏡，矮矮壯壯的老鼠，也就是混音師**羅德·重奏鼠**一起錄製樂隊的新唱片。

接着進來的，是錄音師**多米提拉·鼓點鼠**，一隻留有一頭清爽短髮的紅髮女鼠。她看起來年輕活潑。

歌星的經理人看起來有點兒勢利，告訴大家他們正在用最先進的技術錄製史蒂芬的唱片。

福爾摩鼠接過話來：「史蒂芬先生，可以給我們找個房間嗎？裏面最好有舒適的扶手椅。我

和我的助手想對各位依次單獨 問話 。」

大歌星回答：「福爾摩鼠先生，我的工作室應該符合你的要求！」

福爾摩鼠一進入大歌星的工作室，就坐到了扶手椅上。他打開唱片機，聽起了史蒂芬的 音樂 ，並派我去依次叫來每一個涉案者。

我們問話的第一隻老鼠是史蒂芬的 經理人凱西・鈔票鼠 。

福爾摩鼠問她：「你知道他們今天會在這裏交收『玫瑰之心』嗎？」

她答道：「當然！我知道史蒂芬的所有行程，而且是我建議他送那件禮物的！」

福爾摩鼠繼續問道：「那麼除了你和史蒂芬，還有誰知道呢？」

原來，除了蜜塔，史蒂芬的團隊都知道這件事。「但是大家都要保守 秘密 ！」經理人説。

接着進來的是**提姆·鍵盤鼠**。福爾摩鼠問了他同樣的問題。

鍵盤鼠攤開雙臂，平靜地回答：「史蒂芬跟我提起過禮物的事情……我覺得他的想法很棒！」

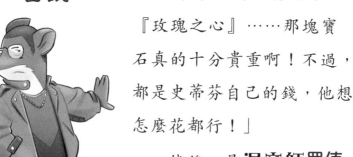

下一個輪到**音效師索尼·聲音鼠**。他說：「是的，我也聽說了『玫瑰之心』……那塊寶石真的十分貴重啊！不過，都是史蒂芬自己的錢，他想怎麼花都行！」

然後，是**混音師羅德·重奏鼠**進來。他看起來好像對寶石不感興趣，說：「哦，是的，我也

聽說有條 **項鏈** ，但是……僅此而已！我忙着錄製新唱片，對這些名貴的時尚首飾沒什麼興趣。」

最後一個進來的是**錄音師多米提拉・鼓點鼠**。她說：「我也聽說了！不是我喜歡的東西，不過……的確是很棒的禮物！」

她出去後，福爾摩鼠總結道：「我大概有點頭緒了，知道是誰將珠寶今天送達這裏的 **消息** 通知了神秘的盜賊！」

我沮喪地歎了口氣：「真的嗎？可是我感覺我們又回到了原點……」

福爾摩鼠自豪地看着我，說：「偉大的福爾摩鼠可不是傻瓜！我已經發現了很有趣的蛛絲馬跡……**我的助手鼠！**」

我不解地問道：「你發現什麼了？」

他像彈簧一樣從扶手椅上站起身：「呵呵呵！史提頓，現在還不是揭開真相的時候。快點，我們先回去大廳吧！」

可是，福爾摩鼠在**審問**的過程中到底發現了什麼呢？我真的沒有發現任何可疑的地方！

我們回到大廳，史蒂芬、蜜塔和其他老鼠都在那裏。

超模來來回回地踱着步子，看起來很不安。福爾摩鼠嚴肅地看着她，問道：「明月小姐，我知道你不僅為了今天的盜竊案**傷心**，也在為明天計劃的事情擔憂，對吧？」

她瞇着眼睛看着他，說：「福爾摩鼠先生，你可以讀懂我的心事啊！沒錯，明天在怪鼠城的**高爾夫俱樂部**會舉辦一個派對，致敬格迪昂·金飾鼠的珠寶設計。本來，我可以趁這個機會展示史蒂芬漂亮的禮物……可是，

『玫瑰之心』被偷了，唉！」

福爾摩鼠答道：「**明月小姐**，我不希望看到你如此傷心！我幾乎可以確定，金飾鼠會想出好辦法的！」

珠寶商一臉疑惑地望着他，説：「福爾摩鼠，什麼辦法？」

他平靜地回答：「我想，你一定有其他**珠寶**可以借給明月小姐。這樣，她就可以在這樣隆重的場合展示你的珠寶⋯⋯」

金飾鼠猶豫地點點頭：「這個⋯⋯當然。明月小姐可以戴我設計的其他首飾。比如，鑲有一塊『**綠色之心**』翡翠胸針！明天，一定會有很多女士用我設計的胸針裝飾外套、鞋、帽子和包。不過⋯⋯我心中有一個大大的**疑問**！你剛剛在另一個房間問話的時候，我已經和特拉法警長談過了！」

特拉法警長急忙解釋道：「沒錯！福爾摩鼠，謝謝你告訴我們原來是一名身手矯捷的盜賊利用黑霧掩蓋其盜竊的行為。那麼，明天在高爾夫俱樂部的 **派對** 將會成為又一次偷盜珠寶的最佳時機！我覺得，還是取消慶典比較好！」

福爾摩鼠堅定地回答：「千萬不要取消！湯姆，你沒有理由擔心這個！所有的珠寶都會得到福爾摩鼠和他的助理謝利連摩·史提頓的**保護**。我們可不怕什麼隱形的盜賊和黑霧！」

我一躍而起。**什麼？吱吱吱，我可沒那麼確定⋯⋯我像遇上了貓一樣害怕呢！**

我向福爾摩鼠投去擔憂的目光，而他卻以一個 **冷眼** 回應。

特拉法警長和珠寶商聽到大偵探的話，倒是立刻安心了。

　　金飾鼠點頭道：「這倒是！明天**高爾夫俱樂部**的慶典，我會把我的『綠色之心』胸針借給明月小姐！」

　　蜜塔聽罷頓時感到非常欣喜，而福爾摩鼠滿意地總結道：「明天，我和我得力的助手會護送胸針，並親自交給你……你們就相信我料事如神的敏銳直覺吧！」

福爾摩鼠的計劃

夜幕降臨後，我們搭計程車回家。

怪鼠城的路燈照亮了黑夜，而我無暇顧及，一心想着那些黑霧，以及利用黑霧掩飾盜竊罪行的神秘盜賊。

以一千塊莫澤雷勒乳酪的名義發誓，真是貓一樣的讓鼠恐懼啊！

誰知道福爾摩鼠又有什麼新奇的點子來**對付**那名罪犯呢⋯⋯

回到家以後，皮莉鼠小姐一貫熱情地迎接了我們，說：「經過這樣一個漫長而霧濛濛的陰天，你們一定都餓壞了。我為你們準備了美味的**晚餐**！」

福爾摩鼠**直截了當**地說：「皮莉鼠小姐，不好意思，我恐怕沒有時間坐下來好好吃飯了！今天晚上，我得跟進手頭的案子！」

她善解人意地說：「沒問題！我把晚餐送到你的工作室裏！」接着，她指了指餐車上的盤子，上面都蓋着**銀餐盤蓋**保溫。

福爾摩鼠微笑着點點頭：「皮莉鼠小姐，非常好，你總是這麼周到！」

然後，他鑽進**工作室**，女管家推着晚餐跟在他後面。等她出來後，福爾摩鼠從裏面反鎖了房門，只聽鑰匙連轉三圈：**咔嚓！咔嚓！咔嚓！**

我則留在漂亮舒適的廚房裏用晚餐。那裏是**皮莉鼠小姐**的領地。我剛好趁機和她聊了幾句。

「皮莉鼠小姐，我很好奇，」我問道，「你是怎麼知道福爾摩鼠的各種想法的呢？你好像總是可以未卜先知！」

她平靜地回答：「這個不難。我已經為他工作了很多很多年，對他非常非常了解。而你不過是剛剛開始跟他合作。我肯定，你會越來越適應的！」

用完晚餐，我還是感覺肚子裏空空的。還不等我告訴她，女管家已經將一塊**陳年乳酪**送到了我面前！

我非常驚訝地說：「謝謝！這剛巧是我想要的……你是怎麼知道的？」

她答道：「如果你感覺肚子裏還是**空空的**，陳年乳酪剛好可以填飽你的肚子！」

皮莉鼠小姐的未卜先知總是令我驚訝不已……她是怎麼做到的？

最後，我吃飽喝足便回房間睡覺，但是心中滿是疑問。

我做了一個夢。夢裏，我在濃密的**黑霧**中轉圈，黑霧中充滿了問號。我聽見福爾摩鼠的聲音：「你找不到出口嗎？**史提頓，這不過是基本演繹法！**」

第二天清晨，我正在用 早餐 的時候，福爾摩鼠從他的工作室裏走了出來。他一臉勝券在握的表情，大聲說：「史提頓，我現在掌握了可以幫助我們破案的關鍵資訊！」

他一邊說，一邊從我爪子裏奪過唯一一塊 **藍莓牛角包**。我剛準備咬一口，口水都快流出來了⋯⋯

咕吱吱，可憐我乾巴巴的嘴巴！

福爾摩鼠美滋滋地一邊吃着麵包，一邊享用皮莉鼠小姐提前為他泡好的 熱茶 。

他說：「這種天氣當然要喝紅茶！呵呵呵，皮莉鼠小姐，很棒的選擇！」

然後，他放下茶杯，說：「史提頓，別磨蹭了！你就知道**吃**！金飾鼠先生快到了，我們得做好準備！」

就在那時，門鈴響了。

門外站着金飾鼠和史黛拉。送他們來的是另外一台裝甲押運車，不過司機還是前一天的那位。

金飾鼠手裏抱着一個綠色絲綢包裹的首飾盒，絲綢上印着兩個大寫英文字母G，也就是其**商標**。

這位珠寶商宣告說：「這就是裝有『綠色之心』的胸針！」

他親自抱着首飾盒，跟福爾摩鼠一道進入工作室。

他們在那裏逗留了幾分鐘，然後才出來。

我留意到福爾摩鼠臉上滿意的表情，而那**珠寶商**看起來卻憂心忡忡。不過，他們誰都

沒有開口說話。

隨後，我們離開偵探社，一道前往高爾夫俱樂部。

直到那時，我才留意到前一天的兩名保安沒有出現。

我問他們去哪裏了，聲音裏透露出一絲膽怯。我有一種**不祥的預感！**

福爾摩鼠乾巴巴地回答道：「我的助手鼠，史提頓，這算什麼問題！我們根本不需要什麼 保安！我們自己就可以守護珠寶！」

他將「綠色之心」的首飾盒交給我，說：「史提頓，你拿好盒子！眼觀四路，耳聽八方。抒好你的鬍子（雖然我知道是假鬍子）！

作為一名偵探的重要原則：
時刻準備捍衞真相！快記下！」

我一頭霧水……捍衞真相？咕吱吱，親愛

的老鼠朋友們，可是我根本沒有準備好啊！

我感到很大壓力，緊張得鬍子不斷地發抖，**爪子像斯特拉奇諾乳酪一樣綿軟無力**！

隨即，裝甲押運車載着我們穿過怪鼠城。

每當有灰濛濛的霧氣迎面而來（怪鼠城每天都有霧氣！），我都會擔心霧氣會變得越來越黑，越來越黑⋯⋯我擔心再次看見可怕的**黑霧**從天而降，擔心那行蹤不定的隱形盜賊突然從我手裏搶走貴重的「**綠色之心**」！

福爾摩鼠發現了我的擔憂，格格笑道：

「哈哈哈！

史提頓，別怕！
我們固若金湯！」

驚喜派對

我們抵達怪鼠城的高爾夫俱樂部。史蒂芬和蜜塔正在門口等着我們。

我看見金飾鼠將裹着綠色絲綢的**首飾盒**交給蜜塔。她心情非常**激動**，雙手顫抖着打開盒子！

首飾盒裏的那枚炫目的黃金胸針上鑲嵌了一顆心形的**翡翠**——「綠色之心」！

72

蜜塔在史黛拉的幫助下，將胸針別在她淺綠色的披肩上。她的披肩下面是一件相同顏色的小洋裝。

隨後，她為我們走起了優雅的台步，展示她的一身裝束。

福爾摩鼠滿意地點點頭，而史蒂芬伸出胳膊，挽着他的**女友**。我們一行老鼠跟在他們身後，朝着派對的場地走去。

這時候，霧氣漸漸散去，高爾夫俱樂部的草坪上空，太陽高掛，熠熠生輝。

我們周圍還有一些賓客，許多女士展示着天才設計師**格迪昂·金飾鼠**設計的珠寶。

一位風姿綽約的女鼠穿着黑白配色的高貴套裝。她盤着一頭烏黑的頭髮，頭髮上綁着一枚配有兩個金色大寫英文字母G的象牙**髮飾**。

另一名女鼠穿着一件天藍色的外套，外套上別着一枚金飾鼠商標形狀的胸針。還有一名女鼠提着一隻小手袋，袋上的搭扣是兩個紅色的大寫英文字母G。草坪各處的**手鏈**、**戒指**、**耳環**上都閃爍着金飾鼠獨一無二的商標圖案。

　　我們該如何**保護**「綠色之心」和在場所有這些貴重的珠寶啊？

助理偵探的筆記

我因為壓力大到鬍子不斷地發抖，而福爾摩鼠看起來卻是若無其事的樣子。他目光如炬地環顧四周，想 **捕捉** 派對上的所有細節。保險起見，我也拍了幾張 **照片** 存在手提電話裏……查案期間，說不定會派上用場呢！

　　與此同時，史蒂芬來到了草坪中央的舞台上。

大歌星開始了他的表演，陪他一起**演出**的還有提姆·鍵盤鼠。

　　索尼·音效鼠為他和聲，而多米提拉·鼓點鼠敏捷地操控着一台無人機，進行錄影。凱西·鈔票鼠坐在第一排的桌子旁，滿意地欣賞着表演。

　　我移動了位置，想看清楚 **大歌星**……可是……哎呀！我不小心擋住了正在空中飛來飛去的無人機。

我聽見一個聲音說：「謝利連摩，快移開吧！你擋到無人機的鏡頭啦！」

吱吱吱，是多米提拉在責備我。

我嘟囔道：「呃……不好意思！」

我趕緊跑到一邊，給無人機留出足夠的拍攝空間。直到那一刻，我才留意到特拉法警長也在高爾夫俱樂部的草坪上，正和福爾摩鼠說着話。索尼婭‧先鋒鼠以及其他幾名**警員**正在四周搜查。

我承認，他們的出現讓我放心了許多……

説到底，如果福爾摩鼠和其他警員都在，我還有什麽好擔心的呢？

我這才放鬆地坐在觀眾席上，抬頭看着蔚藍的天空。一切好像很平靜，不過還是有一個細節讓我覺得很不合時宜。怎麼有那麼多**蝙蝠**大白天地在天上飛來飛去？真的有點奇怪，可是……

就在那時，只剩下史蒂芬一隻老鼠留在舞台上。他宣布：「各位朋友，我的下一首**歌曲**要獻給我的女友瑪格莉特·明月。這首歌是我特別為她創作的，我將自彈自唱，把這首歌獻給她！」

所有的老鼠都興奮地**鼓起掌**來。

史蒂芬等到掌聲落下才開始獻唱：

瑪格莉特，我親愛的蜜塔……
你是我生命的一切！
你如花一般美麗，
你如寶石般耀眼，
你是我的甜心金絲雀！
我望着你，我的摯愛，
如手觸天空！
瑪格莉特，我親愛的蜜塔……
你是我生命的一切！

史蒂芬唱完情歌，向明月小姐拋出一個**飛吻**。觀眾們站起身，掌聲雷動……就在那一刻，可怕的**黑霧**如突如其來的閃電、如席捲而

來的海浪、如沒有星辰的黑夜，從高爾夫俱樂部的上空降臨！

　　黑暗中傳來大家驚訝而警覺的叫喊聲。隨後，黑霧開始向四周蔓延。一隻女鼠大叫：「我的手鏈去哪兒了！」

　　另一隻女鼠驚呼：「我的銀質胸針不見了！」

　　挎着橙色手袋的女鼠尖叫道：「我手袋上的搭扣……去哪兒了！」

　　蜜塔‧明月一躍而起，驚呼：「啊啊啊啊啊！『綠色之心』……被偷了！」

目前解開的謎團

　　黑霧消散時，怪鼠城的高爾夫俱樂部裏一片雞飛狗跳。除了格迪昂‧金飾鼠設計的各種胸針，各種黃金領帶夾以及黑尾鼠公爵夫人的鑽石**皇冠**也都不見了！

　　黑霧不是掩護了一名盜賊，而是很多很多名**隱形盜賊**！

　　失竊的老鼠們開始圍着特拉法警長和他手下的警員抗議。

「你們在這裏一點用都沒有！」

「現在怎麼辦？我們的珠寶消失了？」

有的老鼠在唉聲歎氣，有的在啜泣不已，有的則**沈默不語**……

我看着福爾摩鼠，發現他在這樣混亂的情況下居然一臉笑容，好像完全沒有感到困擾。

他從之前一直坐着的位子上站起身，穿過草坪，跳到舞台上，從臉色蒼白得像一塊瑞可塔乳酪的史蒂芬手中接過**麥克風**。

然後，福爾摩鼠獨特的聲音從揚聲器裏傳出：「**各位，請安靜**片刻！」

大家安靜下來看着他。

福爾摩鼠信心滿滿地繼續説：「首先，請大家冷靜**不用緊張**！我對我的朋友特拉法警長的保安措施是認同的。我也早就預料到剛剛發生的狀況。這是我計劃的一部分。所以，請大家放心。我可以向你們保證，金飾鼠為大家

設計的精美珠寶很快都會回到主人的身邊！」

　　然後，福爾摩鼠笑着轉過身，朝特拉法警長望去。警長朝他點點頭表示肯定。

　　金飾鼠好像也放鬆了一點。

　　福爾摩鼠繼續說：「我還想告訴大家我目前的發現。憑着我無與倫比的**推斷力**，我發現**黑霧**是人造的現象！」

　　聚集在草坪上的賓客們都非常驚訝，開始交頭接耳。

　　福爾摩鼠繼續說：「受到黑霧侵襲的物體上會留下一種黏稠透明的薄膜……你們可以自己檢查一下，用食指擦拭一下桌椅，甚至麥克風，然後放在鼻子前聞一聞。你們應該會聞到一股微微的**合桃的香味**！」

　　我用手爪擦拭了桌子的表面，還真的有一層**黏黏的薄膜**，用鼻子一聞，果然可以聞到一股合桃的香味，這跟「玫瑰之心」失竊後，

我在金飾鼠先生的車上聞到的一樣！

　　福爾摩鼠繼續說：「昨天，我已經提取了 薄膜 ，並連夜做了化學分析。這就是我之前跟你們提到的**第三條線索***。薄膜的化學成分是一種從合桃殼裏提取出來的墨汁。這種墨汁**有光至變色的屬性**……也就是說，在陽光下變黑，然後消失！」

＊如果你不記得這條線索，請見第51頁！

所有的老鼠都目瞪口呆地聽着福爾摩鼠的講解。「我打算叫這種墨汁為『**來意不善的墨汁**』，對比那種通常遇**熱**顯現的隱形墨汁，這種墨汁可不受歡迎⋯⋯」

直到那時，我才明白為什麼福爾摩鼠在車禍現場會用手提電話上的紅外線光照射，又在偵探社的**實驗室**裏待了整整一夜！我還想起來我抵達怪鼠城的那天早上，皮莉鼠小姐説的話：「黑霧像墨汁一樣黑⋯⋯看似來意不善的！」

她總是一語中的，早已説過了黑霧像墨汁一樣「來意不善的」⋯⋯跟福爾摩鼠剛剛向大家説法的一樣！

咕噥咕噥⋯⋯難道這一次，福爾摩鼠又是

順着他的女管家的直覺才發現這一點的嗎？

　　大偵探總結道：「黑霧是由許許多多這種墨汁的微小顆粒凝聚構成，通過一台噴霧器霧化。這還真是一個非常天才的發明！」

　　一名遭遇失竊的賓客說：「福爾摩鼠先生，你的推斷非常精彩！可是，這台噴霧器會在哪裏呢？我怎麼沒看見！如果真的有這麼一台機器製造黑霧，那麼這台機器總該在黑霧出現之前現身吧！」

　　以一千塊莫澤雷勒乳酪的名義發誓，這隻老鼠說得很有道理啊！所以呢？

許多隱形的盜賊

　　福爾摩鼠站在舞台上，身上集中了所有老鼠的目光……而他看起來非常自在。換作我的話，恐怕已經像一塊陽光直射下的乳酪一樣融化了！

　　然後，他繼續若無其事地說：「大家都見過製造黑霧的機器……」

　　在場所有的老鼠驚訝得瞠目結舌。我的朋友稍作停頓，繼續說：「我知道你們很多老鼠一定都留意到，這段時間怪鼠城裏出現了一些不該

出現的動物……」

我插嘴道：「對呀！ **蝙蝠** ！牠們應該在夜間活動，而不應該在大白天出沒。剛剛這裏也有很多……」

我拿出手提電話，檢查之前拍的一些 **照片** ……

福爾摩鼠看着我，說：「史提頓，很好，你也終於明白了！難以置信！沒錯，這就涉及到我們的 **第四條線索！**」

史提頓，基本演繹法！

你們知道為什麼蝙蝠會在大白天飛來飛去嗎？

我感覺到自己成為了大家的焦點，於是努力向大家 解釋 ：「這個……正常情況下，蝙蝠會在白天睡覺，而黑霧（現在我們知道了是人造的）會讓白天比黑夜更加黑暗……於是，蝙蝠有可能被擾亂了！」

福爾摩鼠點評道：「非常有意思的推斷……但是，完全 錯誤 ！你看到蝙蝠是在黑霧來臨之前飛來飛去嗎？

我的助手鼠，史提頓，
不好意思了！

真相是，那些根本不是蝙蝠，而是最先進的 無人機 ！」

無人機？！以一千塊莫澤雷勒乳酪的名義發誓……這怎麼可能？

我放大手提電話上的照片查看，那些蝙蝠看起來就是真的呀！

我的目光掃到 多米提拉 。她正在仔細聽

着大偵探的講解，嘴角含着微笑。

福爾摩鼠說：「我們大家都知道，蝙蝠是不會發出滋滋聲的。牠們最多搧一搧翅膀，發出啪啪聲！然而，每次我們看到這些假蝙蝠出現，都會聽到一種滋滋的**噪音**，應該就是操控它們的小機器。仔細想一想，那種**滋滋聲**總會伴隨着黑霧一起出現！」

史黛拉・銀飾鼠驚訝地說道：「對啊！我也聽到了！『玫瑰之心』被偷的時候，空中傳來滋滋聲！」

福爾摩鼠繼續說：「沒錯！這就是為什麼蝙蝠型無人機不僅僅是製造黑霧的**機器**，而且還是……盜賊！它們身上不僅有噴頭，還有那種非常精緻的小**機械臂**，可以很輕很輕地搜索在場的賓客，上下其手……就是它們偷走了胸針、領帶夾、鑽石皇冠，以及幾天前的『玫瑰之心』！」

追擊神秘的幕後黑手！

　　現場被偷的老鼠們沸騰了！其中一名抗議道：「福爾摩鼠！既然你們什麼都知道，為什麼還讓它們搶走我們的珠寶？！」

　　大偵探信心滿滿地笑了：「呵呵呵！各位，不要擔心！我們會幫大家找回所有失竊的珠寶的，**福爾摩鼠言而有信**！」

　　湯姆・特拉法警長回答：「我們已經準備就緒！」

　　草坪上緊張的氣氛這才逐漸化解了。大家稍事遲疑後，草坪上響起一陣熱烈的掌聲。

　　福爾摩鼠微微鞠躬，將麥克風還給史蒂芬，然後跳下舞台，邁着大步徑直朝俱樂部出口走去。

　　經過我身邊時，他超我拋來一個堅定的眼神，說：「史提頓，還在那兒**發什麼呆**？我的助手鼠，快跟我走！」

　　「咕吱吱，去哪裏呢？我一頭霧水！我們怎麼才能找回那些失竊的珠寶呢？」我**一跳一跳**地跟在他後面，問道。

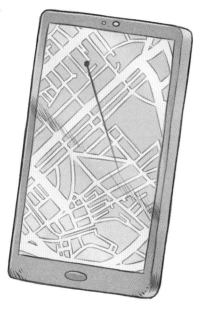

　　他壓低嗓子回答說：「史提頓，基本演繹法！我之前和金飾鼠商量好了！我們在蜜塔戴着的那顆『綠色之心』裏藏了一枚小小的**定位儀**，

它可以帶我們找到盜賊的巢穴！很簡單吧？」

他一邊說，一邊從口袋裏掏出手提電話。定位儀的信號正在屏幕上閃爍着。

我們迅速走出高爾夫俱樂部。門口的空地上停着一台 **警車**，索尼婭‧先鋒鼠正坐在駕駛位上。

福爾摩鼠與特拉法警長一道坐在後排，並命令我坐在副駕駛的位置上。

他將**手提電話**塞到我的手裏，說：「史提頓，這個交給你！請你給先鋒鼠警員指路。我肯定，她開車的速度肯定比你看地圖的速度要快！我提醒你，指路要及時、準確。」

我剛剛坐好，繫上安全帶，就聽見⋯⋯嗚嗚嗚！

索尼婭如火箭一般 **發動汽車** 了！

我嚇得從鬍尖到尾尖都在顫抖。**真是貓一樣的恐懼啊！**

　　隨後，女警員問我：「謝利連摩，走哪一邊？」

　　我手裏費勁地拽着手提電話，支支吾吾的說：「呃……好像是，左邊……」

　　警車在 **怪鼠城** 的街道上如箭般穿梭。每次轉彎，我都可以聽到輪胎摩擦地面的聲音，而我像一顆彈珠一樣時不時地蹦彈一下。

　　與此同時，我看着手提電話，為索尼婭指路，**追蹤** 偷走「綠色之心」的蝙蝠型無人機，說：「右轉……直走……左轉……」

咕吱吱，她聚精會神，完全按照我的指示駕駛。她駛得非常好、非常穩，一點危險都沒有！她真是一名出色的司機，**全速**在正確的行車道上行駛。

而我，一邊看着手提電話指路，一邊要迎接一個接一個的彎道，感到有點**噁心**……但是，我不敢抱怨。我得堅持下去，這可不是一個嘔吐的好時候！

我們就這樣跟着定位儀的信號一直開到怪鼠城的郊區。我發現熒幕上**閃爍的定位**就在我們前方不遠處！

這時，我們身處一條空蕩蕩的小巷道口。

福爾摩鼠說：「我們得把車停在這裏，然後走路進去……」

蝙蝠的巢穴

　　沒走幾步，我們來到一個廢棄的工廠前。

　　定位儀閃爍的位置顯示綠色之心就在工廠裏面……我無意間抬頭一看，發現雖然是大白天，工廠建築的周圍有好幾隻**蝙蝠**在飛來飛去！

　　福爾摩鼠躲在一個角落裏，示意我們停下腳步：「我們得偷偷地靠近，不要暴露自己！史提頓，**你知道跟蹤的技巧，對吧？**」

「可是我⋯⋯其實⋯⋯老實説⋯⋯」

福爾摩鼠指着二十呎開外的**鐵絲網**，説：
「從這裏到那裏沒有任何遮擋。我們得等着蝙蝠飛遠了再跑過去，每次過去一隻老鼠⋯⋯」

我更加不知所措了。於是，福爾摩鼠説：

「**先鋒鼠警員**會給你示範！」

索尼婭飛快地跑過去。

福爾摩鼠説：「史提頓，到你了！」

我也飛快地跑過去。可是，快到終點的時候，我一個踉蹌摔倒在地！

索尼婭打趣地笑道：「呵呵呵！謝利連摩，你剛好⋯⋯*跪在我腳下*⋯⋯」

我**臉漲得通紅**，語無倫次地説：「呃？什麼？可是我，沒有⋯⋯」

福爾摩鼠和特拉法警長接着連蹦帶跳地跟上了我們。我們躲在工廠附近的一個小水溝裏。水溝已經乾涸了⋯⋯裏面滿是**淤泥**！

福爾摩鼠説：「史提頓，加油！無人機看不見這裏。我們得匍匐前進！你先過去！」

於是，我趴在那個濕乎乎的小水溝裏，用手肘和膝蓋支撐着**往前爬行**。咳！

其他鼠一轉眼都跟了上來。

以一千塊莫澤雷勒乳酪的名義發誓，我現在才明白為什麼福爾摩鼠要讓我**開路**！

原來是要我給大家開路，這樣其他鼠就知道水溝裏哪裏比較不安全。於是，他們倒是沒遇到什麼問題，而我⋯⋯弄得渾身上下都是泥！

　　我們沿着圍牆外圍緩慢前行，終於抵達了**工廠**的後門。

　　福爾摩鼠小心地打開門，鑽了進去。

　　巨大的廠房裏瀰漫着一種奇怪的琥珀色光芒。我看到最最深處有什麼東西發着光——原來是失竊的**珠寶**！珠寶都在一張大桌子上閃爍着光芒！

　　桌子旁有一隻鼠，正背朝着我們……

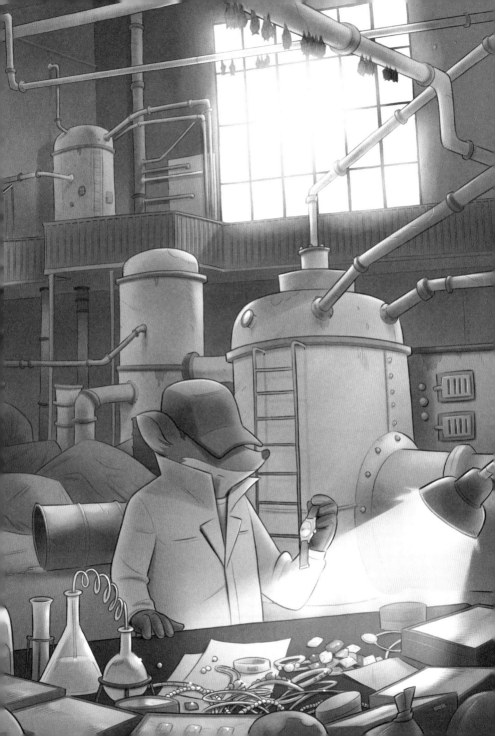

那個神秘的傢伙正站在那裏檢查盜竊來的一堆珠寶，旁邊有各種蒸餾器和試管。

他身穿實驗室白袍，頭上的棒球帽遮住了半張臉……

他就是我們要找的**盜賊**嗎？！以一千塊莫澤雷勒乳酪的名義發誓，我們根本看不清他的臉！！！

福爾摩鼠將手指放在嘴上，示意我們保持安靜。然後，他小心翼翼地走過去，我們跟在他的身後。漸漸，我們離那個正在全神貫注地檢測珠寶的盜賊嫌疑犯越來越近。

我看到了鑲嵌着「**玫瑰之心**」的項鏈、鑲嵌着「綠色之心」的胸針、在高爾夫俱樂部失蹤的其他首飾，以及其他珍貴的珠寶！

我們想出其不意，從身後將那隻老鼠**逮個正着**。就在這時……

　　許多許多的蝙蝠型無人機出現在空中，噴出濃密的**黑霧**。

　　哎呀！我突然伸手不見五指！

　　我很**害怕**，那些蝙蝠型無人機除了會噴射「來意不善」的墨汁之外，還想侵襲我們啊！

　　它們發出嚇人的滋滋聲，在空中飛來飛去……**滋滋**……**滋滋**……滋滋……

　　我嚇得鬍子直發抖，而特拉法警長和索尼婭卻沒有浪費任何時間。他們朝着盜賊站立的位置奔了過去……

　　我聽見**警長**大叫一聲：「這邊，先鋒鼠！」

　　然後是索尼婭的聲音：「我在這兒！」

　　特拉法警長驚呼：「我抓到他了！」

　　她回答：「警長，不是！是我！」

　　他說：「啊，不好意思……」

　　與此同時，我在**黑暗**中摸索着往前走……真的一點都不好玩！

我聽見頭頂上傳來滋滋聲，離我很近很近：**滋滋**！

隨後，我聽到福爾摩鼠的聲音，説：「史提頓，你聽見嗎？它就在你旁邊！抓住它！」

我轉身在黑暗中問：「**誰？什麼東西？在哪裏？**」

我聽見他鼻子哼哼了兩聲。福爾摩鼠就在我左邊幾步遠的地方，但是我根本看不見他！

黑暗中，我聽見很大的**滋滋聲**……

然後是很輕的**滋滋聲**……

最後，我聽見福爾摩鼠説：「**抓到了**！」

我激動地問：「你抓到盜賊了?!」

「史提頓，我們還

是別太心急了！目前，我只是抓到了一隻蝙蝠型無人機！看！你還是幫不上忙，還好有我在！我追蹤着滋滋聲，然後用帽子罩住了它！你知道我的耳朵很靈敏的！」

黑霧慢慢變淡，然後漸漸消散，我們才得以看清 工廠 裏的環境。

特拉法警長說：「盜賊逃跑了！」

索尼婭歎了一口氣，說：「我們差點就抓到他了，真可惜……他不知道從哪兒跑了！」

福爾摩鼠指着角落裏的一扇小門：「應該是那裏！基本演繹法！」

索尼婭朝着小門跑過去，不過太遲了，沒見到任何鼠的蹤影。

福爾摩鼠開始仔細觀察裝着 蒸餾器 和 試管 的架子：「就是這些東西製造了黑霧！」

特拉法警長回到他身邊，說：「至少我們找回了失竊的珠寶！」

我卻有些洩氣：「可是**罪犯**從我們眼皮子底下逃跑了，唉！」

福爾摩鼠好像一點都沒有感到困擾。

他從**帽子**裏拽出已經壞掉了的蝙蝠型無人機，說：「史提頓，別在那裏唉聲歎氣了！我們有這個，得到了**第五條線索！**我知道黑霧背後是誰了。如果你還沒有想明白的，那就再耐心等一等。你陪我一起去『老鼠唱片』，我會向大家解釋一切！」

我已經清楚明白了！

你知道誰是盜賊了嗎？

結案

「史提頓，你還沒有
知道誰是真正的罪犯嗎？
這個，也不是很難嘛……
應該說，這不過是
基本演繹法！」

夏洛特·福爾摩鼠

揭開真相時刻

幾個小時後，眾鼠聚集在「老鼠唱片」的金唱片和鉑金唱片大廳。

特拉法警長按照福爾摩鼠的指示召集了大家。**失竊的珠寶**都已經物歸原主了。

除了在高爾夫俱樂部被盜的那些**珠寶**外，還有其他很多手錶、手袋、錢包，以及前幾日黑霧降臨期間**怪鼠城**裏失竊的貴重物品。

湯姆·特拉法警長告訴大家，警察正在核查所有的報失案件，並評論道：「福爾摩鼠，你說得對！罪犯製造黑霧，目的就是為了盜竊本市居民的財產！」

福爾摩鼠答道：「湯姆，基本演繹法！過一會兒，你就會能將手銬扣在罪犯的手腕上，把他繩之於法！」

金飾鼠也在那裏。他非常高興，因為他設計的所有珠寶都找回來了。

史黛拉站在她身邊，有些不安地環顧着四周。她大概是因為神秘的盜賊就在眾鼠當中而好奇、警覺。

可是，只是因為好奇嗎……還是也有些擔心呢？

「老鼠唱片」的主人史蒂芬坐在蜜塔旁邊。蜜塔把「玫瑰之心」頂鏈拿在手裏把玩。

史蒂芬的經理人鈔票鼠坐在他們旁邊。她眉

頭緊鎖，一定是知道事情的嚴重性。

結他手鍵盤鼠倒是看起來非常放鬆，癱坐在扶手椅上。

多米提拉全神貫注地觀察着每一個細節。她本想進行錄影拍攝，不過沒有得到特拉法警長的允許。

音效師聲音鼠有點心不在焉，好像在想着自己的事情。

混音師重奏鼠坐在角落裏，看起來很平靜。

福爾摩鼠默默觀察着大家，然後站起身說道：「各位先生、女士，感謝大家接受我誠摯的邀請，雖然我知道你們都是接到了湯姆·特拉法警長的通知。既然是怪鼠城警察局警長發出的邀請，你們也不便缺席……」

福爾摩鼠對湯姆笑了笑，湯姆也向他點點頭。福爾摩鼠繼續說：「不過，我在想，你們當中的大部分老鼠應該也是因為好奇才過來，想知

揭開真相的時候到了！
這個盜竊犯就在我們之中……

榕迪昂・金飾鼠

史黛拉・銀飾鼠

索尼・聲音鼠

提姆・鍵盤鼠

蜜塔・明月

凱西・鈔票鼠

多米提拉・鼓點鼠

史蒂芬・斯特拉奇諾

羅德・重奏鼠

涉案疑犯

道這個案子到底會如何 **結案**。老鼠島上最出色的偵探接的案子到底會是個什麼結果。畢竟，

在下福爾摩鼠是
獨一無二、無可替代的！」

在場的老鼠都微笑着點點頭。

只有鈔票鼠的臉色看起來更陰沉了，而聲音鼠 **打了個呵欠**，重奏鼠則擦了擦眼鏡。

史蒂芬嚴肅地說：「福爾摩鼠，我們洗耳恭聽……」

大偵探繼續說：「現在，你們大家都知道黑霧其實是那些迷你 **蝙蝠** 型無人機製造的……」

他向大家展示了在盜賊的巢穴 **捕獲** 的迷你無人機。

在場的老鼠都吃驚得瞪大了眼睛。

蜜塔驚呼：「哦……我對這種蝙蝠有 **印象** ……原來是假的！」

史黛拉顫抖着說：「一想到這個東西還曾在我身邊飛來飛去過……真恐怖啊！」

鈔票鼠問道：「也就是說，這些假蝙蝠是*盜賊*？」

多米提拉沉默不語，不過看起來好像也很感興趣。

我有些**擔心**，說：「呃……你不會想現在就在這裏展示它的功能吧？！」

福爾摩鼠哼了一聲，說：「史提頓，別怕！我已經拆了裏面的裝置。所以，我可以肯定地告訴大家，裏面的確有一台**噴霧**裝置和一條非常先進的機械臂，和我想像的一模一樣。」

他心滿意足地稍作停頓，然後接着說：「我有理由相信，這些蝙蝠型無人機都是由一台不比手提電話大很多的便攜式裝置**遙控**指揮的！」

史蒂芬評論道：「真是難以置信！」

我也很好奇：「非常震撼，不過……這些無人機是怎麼具備**夜視能力**的呢？」

福爾摩鼠答道：

「史提頓，基本演繹法！

無人機的攝影機上安裝了一種特別的**紅外線**裝置，讓它得以在伸手不見五指的情況下清楚看見四周的環境！」

就在那時，格迪昂·金飾鼠打斷他，說：「我猜，要**遙控**這樣小的裝置並完成如此靈巧的盜竊，操控裝置的老鼠應該是非常非常厲害的角色！」

福爾摩鼠點點頭：「推斷正確！盜賊應該是遙控**無人機**的高手！」

就在那時，大家的目光全部集中到多米提拉身上。

蜜塔失聲驚歎說：「什麼?!是你？」

史蒂芬驚呼：「我實在不敢相信！」

鈔票鼠**一臉鄙夷**地說：「哼，顯而易見嘛！」

年輕的**錄影鼠**

一躍而起，反駁說：

「嘿，別胡亂猜測了，

好不好？」

親愛的老鼠朋友

們，我得承認……我不

願意相信她就是那個幕後

黑手！

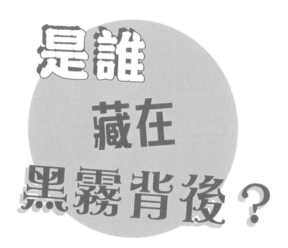

是誰藏在黑霧背後？

福爾摩鼠說：「多米提拉，我沒有任何意思要指控你！」

然後，他從口袋裏拿出一張紙條，攤開在大家眼前：「這是黑霧降臨高爾夫俱樂部之前，演唱會進入高潮時，我畫的一個草圖。你們看，我畫了所有在場的老鼠當時的位置，當時史蒂芬在唱歌。你們注意到什麼了嗎？」

大家都緊張得摒住了呼吸。

「史提頓,你應該看明白了……對嗎?」

福爾摩鼠歎了口氣,說:「唉!如果你學會用心觀察,而不只是用眼睛看,你一定就已經看出來了!這就是我們的 **第六條線索!**」

只要細心觀察當時的情形,
你就會明白誰是盜賊了……

你能注意到誰是不在現場的嗎?

「史提頓，這不過是基本演繹法⋯⋯盜賊不可能是多米提拉，因為黑霧降臨的前一刻，她和我們待在一起。」

我回答：「她的確和我們待在一起，不過她當時在遙控無人機⋯⋯也有可能就是她在指揮着蝙蝠行動！」

福爾摩鼠瞪着我，就好像我是剛剛掉進他湯碗裏的蒼蠅：「史提頓，別傻了！多米提拉當時和我們一樣身處黑暗之中！她又怎麼去遙控蝙蝠型無人機呢？」

我尷尬得滿臉通紅：「呃⋯⋯這倒是！」

福爾摩鼠繼續説：「不過，蝙蝠在高爾夫俱樂部出現噴射黑汁的時候，的確有老鼠並非和我們在一起。史蒂芬當時在唱歌⋯⋯」

史蒂芬笑着説：「所以我就不可能是嫌疑鼠了！」

福爾摩鼠點點頭：「沒錯。當時你一隻鼠在

舞台上獨唱，你的樂手鍵盤鼠不見了！」

鍵盤鼠騰地一下站起身：「荒謬！你有什麼理由**指控我！**」

大偵探回答：「我當時的確只是懷疑了一下。於是，我打電話給無人機牌照辦公室……他們跟我確認，你持有無人機駕駛**執照**有很長一段時間了！而且，我捕獲的那隻蝙蝠型無人機上，有一根金髮。史提頓，你還記得**第五條線索**嗎？」

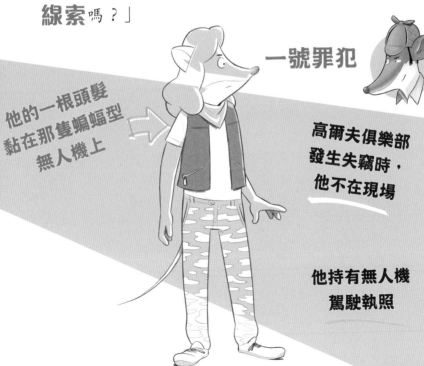

一號罪犯

他的一根頭髮
黏在那隻蝙蝠型
無人機上

高爾夫俱樂部
發生失竊時，
他不在現場

他持有無人機
駕駛執照

湯姆・特拉法警長大喝一聲：「**提姆・鍵盤鼠，你被捕了！**」

索尼婭・先鋒鼠一下銬住他：**咔嚓！**

福爾摩鼠繼續說：「其實，我們在廢棄工廠碰見的是另有其鼠！你有一名**同夥**是化學高手，負責製造『來意不善的墨汁』。一隻不容易引起懷疑，卻不小心**露了馬腳**的老鼠……」

福爾摩鼠盯着在場的老鼠，繼續說：「昨天，我問過你們，有誰知道金飾鼠先生護送『玫瑰之心』給史蒂芬。大家都承認知道這件事情，但是只有一隻鼠提到『玫瑰之心』是一條項鏈。他就是羅德・重奏鼠！」

混音師笑着說：「這有什麼奇怪的？史蒂芬告訴了所有鼠！」

福爾摩鼠冷冷地回答：「沒錯。但是，其他鼠都不知道『玫瑰之心』是鑲在項鏈上，連史蒂芬都不知道……因為金飾鼠計劃要給史蒂芬一個

驚喜！只有偷走 **項鏈** 的盜賊才會知道！」

特拉法警長也逮捕了羅德‧重奏鼠：「所以，這是一次 **雙鼠作案！** 福爾摩鼠，感謝你又破案了！」

大偵探總結道：「對我來說，最重要的是弄清楚了怪鼠城黑霧的由來！這樣，我們的城市就可以重新回到陽光燦爛（雖然很難得有）的時光……金飾鼠的珠寶也得以重見天日！」

二號罪犯

矮矮壯壯

頭腦聰明……
但是得用於正道！

（他知道只有盜賊才會知道的案件細節）

（身型跟廢棄工廠碰見的盜賊一樣）

獻給福爾摩鼠的歌

　　送別珠寶商的時候，福爾摩鼠壞笑道：「金飾鼠，我還有一件事情想麻煩你。其實，每次破了案，我都會想保留一個紀念品……不知道我可不可以也跟你要一個東西留作紀念？」

　　珠寶商非常開心，說：「福爾摩鼠，我正有此意！我其實已經給你準備好了一份禮物答謝你！」

　　金飾鼠從口袋裏掏出一個小首飾盒交給福爾

120

摩鼠：「這是一顆非常珍貴的黑色大理石『**黑色之心**』。我把它鑲嵌在一枚領帶夾上，很適合用來紀念這次的黑色案件，你的天才偵探頭腦真是太出色了，無與倫比！」

回到家，福爾摩鼠將紀念品交給皮莉鼠小姐：「皮莉鼠小姐，麻煩你將這顆黑色之心放到**紀念品室**裏！」

她答道：「福爾摩鼠先生，我這就去！」

他接着說：「啊，對了，皮莉鼠小姐！我想感謝你（和以往一樣）為**破案**作出的貢獻！你從一開始直覺就很準，猜到在黑霧背後有什麼……來意不善的東西！」

皮莉鼠小姐笑着說：「這很明顯！」

就在那時，門鈴響了。

門外是**史蒂芬·斯特拉奇諾**。他手裏抱着一把結他，蜜塔·明月站在他身旁。

121

大歌星說：「福爾摩鼠先生，我想向你表示我的感謝。蜜塔終於收到了我為她準備的禮物！」

　　這位超模撫摸着「玫瑰之心 項鏈 」，臉上綻放出燦爛的笑容！

　　福爾摩鼠答道：「你有禮物給我？」

　　史蒂芬笑着說：「我為你寫了一首 歌⋯⋯ 」

　　我打斷他，說：「一首歌？」

　　大歌星抱着結他，說：「現在，我就唱給你聽！我們去天台上唱，可以嗎？」

　　我指了指樓梯，史蒂芬立刻走上去。我們都跟在他後面！我連跑帶跳地往上爬樓梯，留意到福爾摩鼠手爪裏抱着他的小提琴。

　　來到天台後，史蒂芬抱着結他開始 邊彈邊唱 。

　　與此同時，福爾摩鼠跟着他，歡快地一蹦一跳，即興用 小提琴 為他伴奏。

福爾摩鼠說：
我可不是個傻瓜！
我阻截罪犯，
我手刃強盜！
偷雞摸狗的傢伙才是真的傻瓜！
他們四處轉悠，
偉大的福爾摩鼠就立刻行動！
我以完美獨特的歌聲，
讚美他的神秘，
歌唱他的才華！

與此同時，越來越多好奇的老鼠被離奇大街13號天台上美妙無比的**歌聲**和表演吸引，聚集到偵探社的周圍。

　　歌曲結束，現場爆發出熱烈的**掌聲**。

　　「完美！」

　　「漂亮！」

　　「再來一曲！」

　　唱完歌，福爾摩鼠和史蒂芬·斯特拉奇諾小聲交談了一會兒，然後繼續開始演奏。

　　我認得出了旋律，是福爾摩鼠自己作曲的《畏罪潛逃托卡塔曲》！

我很想留下來繼續聽，不過……開往妙鼠城的火車即將開出。我可不想錯過火車！我剛走出偵探社，突然一陣傾盆大雨。我打開**雨傘**，朝着**火車站**飛奔而去！這時，我已經在期待下一次和福爾摩鼠一起的探險。

那一定會是一次
神秘、刺激的冒險！

福爾摩鼠偵探小學堂

作為一名偵探的重要原則：
善用嗅覺！

史提頓，在進行調查時，我們需要具備一項基本能力，就是善用**嗅覺**！這次辦案的過程中，我們的嗅覺發揮了重要的作用！

因為罪犯有可能會在犯案時在案發現場留下一些氣味，例如**香水味**、食材的氣味。此外，嗅覺是重要的感官，讓我們躲避各種危險，例如現場也有可能充斥著一些特殊或有毒的**氣體**。

史提頓，我看你在辦案的過程中，只聞到了垃圾的**臭味**……所以，我的助手鼠，你也需要好好訓練自己鼻子，試着做一些練習！

試着閉上眼睛（這可幫助你集中注意力！），先**聞一聞**一杯熱巧克力（小心不要被熱蒸汽燙傷！），再聞一聞一杯茶，試著**學會區別**兩者，然後繼續練習聞其他東西！經過反覆練習後，你就可以慢慢學會區分不同的味道。不過，我恐怕你永遠不可能學會像我一樣，用**鼻子**區分一百六十三種茶的味道！

各位鼠迷，你也可以訓練自己的嗅覺！

在訓練嗅覺前，你需要學會識別不同的氣味。
你能判斷出以下的物品帶有哪種氣味嗎？
請你把以下物品跟相關的形容詞配對起來。

1. 甜

A

2. 清香

C
醋

4. 刺鼻

3. 噁心

B

D

神探福爾摩鼠

①公爵千金失蹤案

公爵千金失蹤了！黑尾鼠公爵一家在案發現場完全找不着任何強行闖入的痕跡，大家都茫無頭緒，急忙向福爾摩鼠求助……謝利連摩化身神探助手，與福爾摩鼠一起到公爵府進行調查，到底犯人是如何在守衞森嚴的貴族大宅裏，不動聲色地擄去公爵千金的呢？

②藝術珍寶毀壞案

怪鼠城出現了多宗離奇的藝術文物毀壞案！神秘的罪犯接二連三在各種藝術珍寶上留下詭異的巨大爪痕，而所有目擊者均指出在案發現場曾經看到傳説中的神秘怪物——「狼貓」出沒……那些神秘爪痕真的是「狼貓」所為？這些案件背後是否隱藏着重大秘密？